Can You?
Est-Ce que Tu Peux?
Eske w kapab?

by Natalie Inman

Translated by Uziel Pierre Jean

Illustrated by Josie Quin

Can you bark like a dog?

Est-ce que tu peux aboyer comme un chien?

Eske w ka jape tankou yon chen?

Can you hop like a frog?

Est-ce que tu peux sautiller comme une grenouille?

Eske w ka sote tankou yon krapo?

Can you flap like a chicken?

Est-ce que tu peux battre les ailes comme une poule?

Eske w ka bat zél ou tankou yon poul?

Can you meow like a cat?

Est-ce que tu peux miauler comme un chat?

Eske w ka rele tankou yon chat?

Can you swim like a fish?

Est-ce que tu peux nager comme un poisson?

Eske w ka naje tankou yon pwason?

Can you wiggle like a snake?

Est-ce que tu peux remuer comme un serpent?

Eske w ka ranpe tankou yon sèpan?

Can you sing like a bird?

Est-ce que tu peux chanter comme un oiseau?

Eske w ka chante tankou yon zwazo?

Can you dance

Est-ce que tu
comme

Eske w
tankou yon

Can you drum like the rain?

Est-ce que tu peux tambouriner comme la pluie?

Eske w ka bat tanbou tankou lapli a?

Can you twirl like the wind?

Est-ce que tu peux tournoyer comme le vent?

Eske w ka vire tou won tankou van an?

Can you crawl like a spider?

Est-ce que tu peux ramper comme une araignée?

Eske w ka mache tankou yon zariyen?

Can you jump like a baby goat?

Est-ce que tu peux sauter comme un bébé chèvre?

Eske w ka sote tankou yon ti kabrit?

Can you reach up high like a tree?

Est-ce que tu peux lever le bras haut comme un arbre?

Eske w ka leve men wo tankou yon pyebwa?

Can you run fast like a horse?

Est-ce que tu peux courir vite comme un cheval?

Eske w ka kouri vit tankou yon chwal?

Can you hug like you are loved?

Est-ce que tu peux câliner comme si tu étais aimé?

Eske w ka bay akolad tankou yon moun moun renmen?

Yes! You can! Oui! Tu

peux! Wi! Ou kapab!

Lightning Source UK Ltd.
Milton Keynes UK
UKHW050721260422
402026UK00005B/288